AF461580

PORTRAIT FIDELLE

DES ÉCRIVAINS

DU

DIX-HUITIÈME SIÈCLE.

TIMANTE

OU

PORTRAIT FIDELLE

DE LA PLUSPART

DES ÉCRIVAINS

DU DIX-HUITIÈME SIÈCLE.

Par M. l'Abbé CHASLES, Professeur d'Éloquence au Collège de Chartres.

Scribendi rectè sapere est & principium & fons.
HORAT. Art. Poet.

A CHARTRES,
Chez FRANÇOIS LABALTE, Libraire.
A PARIS,
Chez BARROIS, Lib. Quai des Augustins.

M. DCC. LXXXV.
AVEC PERMISSION.

Ce Fragment Oratoire ſervoit de Prologue à un Exercice Littéraire, qui a été ſoutenu par les Rhétoriciens du Collège de Chartres, le 11 Août 1785, en préſence d'un grand nombre de Citoyens aſſemblés.

TIMANTE

OU

PORTRAIT FIDELLE

DE LA PLUSPART

DES ÉCRIVAINS

Du dix-huitième Siècle.

Avant que d'écrire, disoit à ses Contemporains & aux Générations futures le Législateur du Parnasse François, *avant que d'écrire, apprenez à penser.*

Convaincus, comme nous le sommes, de la vérité de cet Oracle ; intimement persuadés que, sans la faculté de bien penser, l'admirable talent de la Parole n'eſt plus qu'une déclamation vague, qu'un vain babil, qu'une ſuite de ſons qui, après avoir frappé l'oreille, vont ſe perdre dans le vuide des airs : comment voyons-nous régner parmi nous tant d'abus, ſi funeſtes à l'Éloquence, & à la ſaine Littérature ?

Dans cette foule d'Écrits de toute eſpèce, que chaque jour voit éclore, combien m'en citerez-vous, où l'Auteur maître de ſa matière, parce qu'il l'aura ſagement méditée, mûrement approfondie, me la préſente ſous toutes ſes faces eſſentielles, ſans écarts, comme ſans ambiguité : me conduit, par un enchaînement adroit & méthodique de propoſitions vraies, à la conviction de cette vérité fondamentale, qu'il ſe propoſoit d'établir ? Combien m'en citerez-vous, où je n'aye pas de faux principes à combattre, des conſéquences mal déduites à répudier, des jugements erronés à réformer, un fatras de mots à écarter, pour découvrir le ſens, & ſuivre la marche d'un Écrivain, qui ſouvent n'en a pas ?... Mais, me direz-vous, quel ſtyle brillant & enchanteur ! Quelle richeſſe, quelle pompe dans l'Expreſſion ! Figures hardies, Métaphores éclatantes, Périodes nombreuſes & cadencées, Mouvements pleins de feu & d'énergie.... Eh ! pourquoi mon imagination, plus fatiguée que ſatisfaite, eſt-elle donc inſenſible à tant de charmes, & ne ſent-elle que les pénibles & laborieux efforts de l'*Écrivain-déclamateur?* Pourquoi mon cœur froid & glacé laiſſe-t-il à mon eſprit toute la liberté de la réflexion & de la critique ?... Quand on néglige les choſes, pour ne s'occuper que des mots : quand on court puérilement après les phraſes : quand on ne s'échauffe que par artifice, & qu'on ſe bat les flancs, pour feindre des paſſions, que le cœur ne ſent pas : quand on ne penſe point, quand on juge mal, quand on raiſonne de travers : doit-on compter ſur les ſuffrages du Public judicieux ? Doit-on prétendre à la gloire d'éclairer les Eſprits, de maîtriſer les Cœurs ?

Voudrois-je donc faire entendre par là, que nous n'avons plus qu'à gémir ſur l'état actuel de notre Littérature : que l'Empire de la Parole n'eſt plus chez nous qu'un mot vuide de ſens : que la véritable Éloquence ne ſe trouve plus que dans les Écrits de nos Pères : que nous ne ſommes plus que les Phantômes de ces grands Écrivains, qui nous ont tranſmis leur gloire, le ſeul bien peut-être, qui nous reſte de leur noble & précieux héritage ? . . . Perſonne n'eſt plus éloigné que moi, des excès ridicules d'une critique outrée. Quelle injuſtice ce ſeroit, d'envelopper dans la Proſcription générale quelques-uns de nos Écrivains, l'unique conſolation des Muſes, l'honneur de notre Siècle, l'appui de notre Littérature, le ſupplément de notre médiocrité ! Ces Écrivains eſtimables, rangeons-les dans la claſſe des vrais Littérateurs, des Grands-hommes : que leur petit nombre augmente notre admiration, redouble nos hommages, & mette le comble à leur gloire. Mais ne craignons pas de dévoiler le vuide & le néant d'une foule de petits individus, qui ne rougiſſent pas de s'arroger, ſans titre & ſans mérite, les honneurs littéraires : ne craignons pas de les rappeller aux premiers Élémens, & de leur dire avec Boileau :

Avant donc que d'écrire, apprenez à *penſer.*

Oſer faire une pareille leçon, dans un Siècle qu'on appelle le ſiècle des lumières, de la réflexion, de la politesse, du goût, LE SIÈCLE DE LA PHILOSOPHIE : oh ! quelle témérité ! Je le sens : & je n'en tiens pas moins à mon Opinion.

Si je croiois que, parmi ceux qui me font l'honneur de m'entendre *, il se trouvât quelqu'un, qui fût personnellement intéressé à la défense de ces Littérateurs, dont je vais parler avec une certaine franchise ; je me garderois bien de manquer à la prudence, à la délicatesse. Mais dans cette Auguste & nombreuse Assemblée qu'apperçois-je de toutes parts ? Des hommes de toute condition, de tout rang ; amis des Lettres, imbus des vrais Principes, vrais Connoisseurs en matière de goût : j'apperçois des Juges éclairés ; des Magistrats vertueux ; des

* Ceci est adressé aux Citoyens, de tous les Ordres, qui assistoient à l'Exercice.

Orateurs, l'ornement de nos Chaires & de notre Barreau ; des Citoyens reſpectables ; des chefs de famille qui viennent, dans ce Lycée, enflammer par leur préſence l'Émulation de nos Élèves, & donner à ceux qui les dirigent des marques de leur Eſtime : qu'apperçois-je enfin ? Tout ce que la Patrie a de Sujets diſtingués par la naiſſance, la fortune, les dignités, le mérite, & la vertu.

Je puis donc dire hardiment ce que je penſe de la plûpart des Écrivains d'aujourd'hui.

Ce ne ſera point d'après leurs Ouvrages que nous les apprécierons : la Critique a prononcé ; & vous ſavez mieux que moi, MESSIEURS, le cas qu'on en doit faire. Je me propoſe de les ſuivre, pas-à-pas, dans la carrière de la Littérature : de voir en quel état, c'eſt-à-dire, avec quels talents, quel fond de connoiſſances, & quelle maturité de Jugement ils y ſont entrés : je tiendrai compte de leurs études & de leurs efforts pour ſe perfectionner : je marquerai avec ſoin leurs progrès & leurs triomphes : en un mot, je les conduirai, par dégrés, juſqu'au dernier période de leur Célébrité Littéraire.

Il faudroit, pour exécuter heureuſement ce Portrait, le rapide, l'ingénieux pinceau d'un la Bruyère. Mais à l'aide d'une ſimple eſquiſſe, d'une ébauche groſſière, vous pourrez encore juger, ſi c'eſt à tort que nous reprochons à la tourbe de nos Littérateurs de *ſe mêler d'Écrire avant que de ſavoir penſer.*

Trop d'objets dans un Tableau le rendent vague & confus. Réduiſons donc celui que nous avons à tracer à un ſeul Perſonnage. Ce Perſonnage, peignons-le, non d'après un Modèle particulier, mais d'après mille Originaux, que nous avons ſous les yeux.

PORTRAIT DE TIMANTE,

Ou d'un Écrivain du dix-huitième Siècle.

TIMANTE étoit né avec toutes ces qualités brillantes, qui flattent la vanité d'une famille, & font concevoir des enfans les plus belles espérances : de la mémoire, de la vivacité, de la sensibilité dans le caractère, des saillies agréables & quelquefois ingénieuses... bref : TIMANTE marchoit à peine, qu'on disoit déjà de lui : *ce sera un grand-homme.* — L'Art ne tardera pas à seconder la Nature. Des Livres.... Des Maîtres.... Qu'on se hâte d'endoctriner ce Prodige naissant, & de l'enrôler sous les drapeaux de Minerve. — En le voyant entrer au Collège, on lui demande s'il cherche sa nourrice. Quel affront pour un Prosélyte, qui vient briguer une place, parmi les Nourriçons des Muses ! mais attendez :

ſi TIMANTE n'a pas ſur ſes Émules la ſupériorité de l'âge & de la taille ; ſes talents précoces lui donneront un avantage plus flatteur. Son nom franchit déjà l'enceinte trop étroite du Lycée, vole de bouche en bouche, parcourt la Ville & la Province .... C'eſt bien ici que nous pouvons dire avec plus de fondement : TIMANTE *ſera un grand-homme.* Il marche à pas de Géant dans la carrière de la gloire. Voilà ſon éducation finie à un âge, où nos Pères commençoient à peine la leur.... Souffrez, TIMANTE, qu'après avoir payé à vos rapides & prodigieux ſuccès le tribut d'une juſte admiration, nous nous aſſurions par nous-mêmes, de la réalité de vos Talents, du fruit de vos Études : dites-nous un peu .... Mais quel regard dédaigneux ! Quel ſilence de mépris ! ..... On s'apperçoit bien, TIMANTE, de la foibleſſe de votre cerveau, écraſé ſous le poids des lauriers : vous n'avez dans l'eſprit que la ſote opinion de votre prétendu mérite : le cœur gonflé d'orgueil, vous vous croyez un Aigle.... Tandis que je lui parle, TIMANTE a pris ſon eſſor, & va figurer ſur une nouvelle ſcène, ſur la ſcène du monde. — Sa réputation eſt déjà faite : on l'accueille, de toutes parts, on le recherche, on l'invite, on ſe l'arrache, on ne l'appelle plus que le *Bel-eſprit*, que le *Poëte-Lauréat*. Vous trouverez dans tous les Journaux de ſes brillants Eſſais : Charades, Madrigaux, Épigrammes : point de ſemaine qu'il ne fourniſſe un Article au *Mercure* ; & on a grand ſoin d'avertir le Public, que c'eſt l'*œuvre d'un Poëte de quinze ans.* — TIMANTE eſt-il donc fait pour vieillir au fond d'une Province? Il touche à ſa vingtième année!... Qu'attendez-vous, TIMANTE?... Partez, partez, l'eſpérance du Parnaſſe : que dis-je, du Parnaſſe ? La Poéſie a-t-elle donc des droits excluſifs à vos talents ? L'Éloquence, la Philoſophie, l'Hiſtoire, la Politique, les Sciences exactes, tous les Beaux-Arts enfin, en réclament l'uſage. Allez, TIMANTE, où la gloire vous appelle. C'eſt dans la Capitale que ſe trouvent les grands Modèles, les grands Maîtres, les grandes Réputations, les grandes Fortunes littéraires.... Comment, MESSIEURS, vous tremblez pour TIMANTE ? Vous craignez qu'il n'échoue ? avec des diſpoſitions, dites-vous, mais dont il n'a pas profité ; des talents, qu'il n'a pas cultivés ; une facilité, qui le rend ennemi du travail ; une mémoire chargée de puérilités & de riens ; une ſuffiſance, un orgueil, qui le font mépriſer de tous ceux qui le connoiſſent : avec un goût effréné pour la diſſipation ; un eſprit rempli de faux principes ; un cœur peut-être gâté ; une conduite tout au moins

moins équivoque : avec tant d'obſtacles, & ſi peu de moyens ; comment TIMANTE pourra-t-il réuſſir ? Comment parviendra-t-il à la célébrité ? — Il y parviendra cependant. Donnez-lui le tems de lier connoiſſance avec quelqu'un de ces Lettrés officieux, dont la Capitale fourmille, la reſſource & les Patrons des nouveaux débarqués : donnez-lui le tems de ſe défaire de cette tournure, de ces airs qui ſentent la Province. Pour devenir un Petit-Maître, un Agréable du jour, TIMANTE n'a pas beſoin d'un long apprentiſſage. Dans peu, vous le verrez introduit auprès d'un Grand, Protecteur affiché des Gens de Lettres. Des Épîtres en vers, adreſſées à Monſieur ; une Élégie ſur la mort de l'Épagneul ou du Perroquet de Madame ; d'ingénieux Couplets, chantés dans un ſouper ; de jolis *à-propos* ; de petits Riens tournés avec eſprit . . . avec cela, on devient bientôt un homme *charmant*, *délicieux*. — Eſt-ce donc en vivant de la ſorte, (dites-vous encore, MM.) eſt-ce en vivant dans un tourbillon perpétuel de frivolités, de plaiſirs, & d'intrigues ; en voltigeant de cercle en cercle ; en jouant le rôle de *Complaiſant* ; en faiſant l'*homme du bon-ton*, que TIMANTE aſpire aux Palmes Académiques, aux honneurs du Fauteuil ? . . . . Laiſſez, laiſſez faire TIMANTE. Il ſait que, pour y parvenir, il n'eſt pas néceſſaire de s'enſévelir dans un Cabinet, de pâlir ſur les Livres, de ne converſer qu'avec les morts, de prendre ſur ſon repos & ſes plaiſirs. Auſſi préſentez-vous à ſa porte, à quelle heure vous voudrez ; TIMANTE n'y ſera jamais : & ſi par haſard vous le trouvez chez lui, jettez un coup d'œil ſur ſa Bibliothèque : des Dictionnaires, des

Abrégés, des Élémens, des Recueils de Pièces & d'Anecdotes, des Journaux, de petits Pamphlets, les Nouveautés du jour; voilà les sources où TIMANTE va puiser sa science. . . . Faites tomber à dessein la conversation sur un Sujet grave & sérieux, sur un point de Géographie ou d'Histoire, sur une matière de Goût; vous serez étourdi du babil de TIMANTE, choqué de son ignorance, indigné de son effronterie à parler de choses dont il ne se doute pas. . . . L'auriez-vous jamais soupçonné, si vous ne l'aviez vu par vous-même, que ce TIMANTE, qui jouit d'une certaine Réputation, qui est Membre de plusieurs Comités-Littéraires, associé au Mercure, l'un des travailleurs de l'Encyclopédie, (oh! quelle riche découverte, quelle Mine féconde que l'Encyclopédie!) que ce TIMANTE fût un être si vain

& si petit? — Mais qu'entends-je? ... Quelle rumeur dans l'Empire Littéraire! ... Qu'y a-t-il de nouveau? — C'est le Prospectus d'un Ouvrage merveilleux, qu'on annonce au Public. — Sur quelle Matière? — Sur la Morale. Le Sujet n'est pas neuf: mais *les idées de l'Auteur sont absolument neuves.* — *Des idées neuves sur la Morale?* ... Que deviendra l'Evangile? Quel est donc ce nouvel Apôtre, ce *Moraliste à idées neuves?* — C'est un homme du plus rare mérite; un Écrivain digne de figurer dans le Siècle des Bossuets, des Boileaux. — Mais qui encore? — A son nom seul vous allez juger de ce qu'on en doit attendre. ... C'est TIMANTE. ... — TIMANTE? ... Y pensez-vous. ... — L'Ouvrage paroît. ... je le lis. ... — Dispensez-moi de vous faire l'Analyse d'une Production impie &

ſcandaleuſe, où je n'ai pas trouvé, dans le cours de pluſieurs Volumes de Morale, une ſeule fois le Nom de l'Evangile. Figurez-vous le plan le plus biſarre; une marche obſcure, entortillée; un ton tranchant & déciſif; un Égoïſme outré; des Principes, des Raiſonnements, des Regles de conduite, dignes de l'imagination d'un homme, qui veut établir la Morale ſur d'autres fondements que ceux de l'Evangile. Figurez-vous des ſorties, des déclamations éternelles & les plus indécentes, contre l'Ignorance & la Superſtition, contre toutes les Puiſſances Eccléſiaſtiques & Civiles.... — Mais à la faveur d'un ſtyle éblouiſſant, d'un jargon manièré, du *ton Philoſophique*; à la faveur d'une Cabale, qui le prône, l'Ouvrage de TIMANTE ſe débite.... TIMANTE, & ſon Libraire font fortune......

TIMANTE EST UN GRAND ÉCRIVAIN.... *

PEUT-ÊTRE avez-vous déjà fait en vous-mêmes des applications de ce PORTRAIT FIDELLE ? Pour moi, je ne m'en permets aucune. Je vous demanderai ſeulement, ſi une Éducation précoce ; ſi des Études faites

* Nous avons annoncé dans notre Titre, LE PORTRAIT FIDELLE DE LA PLUSPART DES ÉCRIVAINS DU JOUR. C'eſt au Lecteur à juger ſi nos engagements ſont remplis. Quelques Perſonnes de goût, & fort au Courant de la Littérature, à qui nous avons donné communication de notre travail, avant que de le faire imprimer, ont rendu témoignage à l'exacte *fidélité* du Portrait, & en ont fait ſur-le-champ des applications à tel & tel Auteur, qui a débuté comme TIMANTE, qui a ſuivi précisément la même marche, & s'eſt fait un nom par les mêmes moyens.

à la hâte, & fort ſouvent tronquées ; ſi une vie de diſſipation & d'intrigue ; ſi la fureur d'Écrire avant l'âge de raiſon, d'Écrire ſur toutes ſortes de Matières, d'Écrire avec une précipitation qui tient du prodige ; ſi la ſingularité, la hardieſſe, l'hétérodoxie dans les Opinions ſont des titres ſuffiſants, pour mériter le beau nom d'Homme de Lettres ; que dis-je ? Le Nom *d'Homme qui penſe.* *

---

* On trouvera peut-être que je donne au mot *Penſer* un ſens beaucoup trop étendu. Mais j'obſerverai que je l'employe ici comme équivalent du *SAPERE* d'Horace, & dans le ſens précis de Boileau, qui avoit ſûrement en vue le Précepte du Poëte Latin,

Scribendi rectè ſapere *eſt & principium & fons*,

quand il a dit dans notre Langue :

Avant donc que d'Ecrire, apprenez à *penſer.*

Or quel eſt le ſens du *Sapere* d'Horace, & du *Penſer* de Boileau ? Ne ſignifient-ils que la faculté de créer des Idées, de les lier, de les combiner enſemble ;

PORTRAIT DU VÉRITABLE
ET
PARFAIT ÉCRIVAIN.

CAR enfin, qu'eſt-ce *qu'un homme qui penſe ?* PENSER, (je prends ce terme, non dans une acception Philoſophique & rigoureuſe, mais dans toute l'étendue qu'il peut avoir, relativement à la Profeſſion d'Écri-

que le talent de mettre un Syllogiſme en forme, de Raiſonner catégoriquement, & d'obſerver toutes les Loix de la Logique ? Ce n'eſt là, je crois, qu'une partie du ſens de ces deux termes, que je regarde comme des termes génériques, renfermants toutes les qualités relatives au JUGEMENT. . . . On ſait combien eſt étendu le reſſort du JUGEMENT : & de quelle importance il eſt pour l'Écrivain, puiſque rien ne peut le ſuppléer.—— Pourquoi, depuis bien des années, avons-nous tant d'Auteurs, & ſi peu de bons Ouvrages ? C'eſt que la Plûpart de ceux qui ſe mêlent d'Écrire, n'ont pas l'ombre de *Jugement*.

vain) PENSER, c'eſt commencer de bonne-heure à s'étudier ſoi-même,

---

Eſt-ce avoir du *Jugement*, que de vouloir Rimer, malgré Minerve?

Tu nihil invitâ facies dices ve Minervâ;
Id tibi Judicium *eſt, ea mens. . . .*
HORAT. Art. Poet.

Eſt-ce avoir du *Jugement* que d'Écrire par délaſſement, par ton, ſans connoiſſances préalables, ſans préparation quelconque, enfin, comme dit le Proverbe, *ſans Rime & ſans Raiſon?* Je ne demande point ſi le *Jugement* & le *Bon Sens* (*SAPERE*) permettent de fronder toutes les Opinions reçues, de s'ériger en Réformateurs du Genre-humain, d'ébanler par des ſyſtèmes auſſi abſurdes qu'affreux, les Fondements de toutes les Sociétés, de ſoulever les Peuples contre les Rois, la Créature contre l'Auteur & le Conſervateur de ſon Être. . . . . —— » Que *les* » *Écrivains du dix-huitième Siècle*, diront nos Deſ» cendans (ſi toutefois ils ne valent pas encore moins que nous) » avoient de Gentilleſſe & d'Eſprit! » Quelle légèreté, quelle fineſſe dans leurs *Poéſies*» *Fugitives!* Quelle facilité de travail! Quelle Verve » riche & féconde! Mais avec ces Milliers de » Volumes, qu'ils nous ont tranſmis, & qui à interroger ſes inclinations & ſes talents ; pour ne pas contrarier les vues de la Nature, pour découvrir la route qu'elle-même nous a tracée, & uſer des moyens qu'elle nous fournit. PENSER, c'eſt avoir aſſez de *bon ſens*

» ſurchargent nos Bibliothéques, quels ſervices » réels ont-ils rendu à la Littérature ? Excepté le » *Fugitif*, & le frivole, quel genre ont-ils perfec- » tionné ? Retranchez de la Claſſe générale quelques » Écrivains *ſenſés*, *judicieux*, *raiſonnables*, mieux » penſants que leur Siècle : les autres Littérateurs » ne ſont que de faiſeurs de Livres, ſoudoyés par » les Libraires, pour Abréger, Extraire, Analyſer, » Réimprimer, faire des Collections, des Mêlanges... » Ce beau Siècle qu'on appelle le *Siècle de la* » *PHILOSOPHIE* mérite un autre Nom : c'eſt à » proprement parler, *le Siècle DE L'IMPRIMERIE* » ..... Ne ſera-ce pas là le langage de la Poſté- rité ?... —— Plus de *Jugement*, & moins d'Eſprit : plus de ſolidité, & moins de Faux-brillants : plus de Raiſon, & moins de Syſtêmes : plus de Mœurs, & moins de Politeſſe : plus de Religion, & moins de futiles Connoiſſances : voilà ce qui peut remédier aux Maux préſents, & ſauver notre Réputation.

pour croire que *l'homme de lettres* ne ſort point (ſi je puis parler ainſi) *tout armé*, des mains de la Nature, comme Minerve du cerveau de Jupiter : que les talents exigent de la culture : que la Science eſt le prix du travail : & qu'un long apprentiſſage, des efforts multipliés, des eſſais gradués doivent conduire lentement l'Écrivain à ce point de maturité, de perfection, qui devient l'époque de ſa gloire. Le Véritable Écrivain, l'*Écrivain qui penſe* s'eſt-il aſſuré de ſa deſtination ? Connoît-il le chemin qu'il doit ſuivre ? A l'inſtant, il ſe dirige vers ſon but : rien ne pourra l'en détourner, ni le diſtraire. Remarquez-vous comme ſa marche eſt grave & meſurée ? C'eſt la marche naturelle de l'Eſprit humain, aſſujetti, ainſi que nos Corps, à des développements, à des accroiſſements fucceffifs. En vain chercherez-vous, par des reproches flatteurs, par l'efpoir des récompenfes, à vaincre fa modefte retenue, à l'attirer au grand jour, avant l'époque que fa prudence a fixée? » Quel fruit, vous » dira-t-il, retirerois-je de mon impa- » tiente avidité? Des LAURIERS, qui » ne dureront qu'un jour: une RÉPU- » TATION, à laquelle j'aurai la honte » de furvivre. C'eft à l'ombre & dans » le filence de la retraite, de la » réflexion & du travail, que fe font » formés les grands hommes, que » j'ai pris pour modèles. Laiffez ceux, » que vous appellez mes Rivaux, fe » prévaloir de mes délais, infulter à » ma défiance, & la traiter de pufil- » lanimité: ils verront peut-être un » jour ce que peut un Ecrivain fortifié » par l'Exercice & les années «...... Que n'avons-nous pas lieu d'attendre d'un homme qui *penſe*, agit, & ſe prépare de la ſorte ? Quelle ſenſation produira dans l'Empire des Lettres l'apparition ſoudaine & imprévue de cet Aſtre nouveau, que n'auront point annoncé des feux avant-coureurs ? Quelle éclatante lumière, ſemblable à la lumière du plein midi, il répandra tout-à-coup ! A ſon aſpect, les beaux Jours d'AUGUSTE & de LOUIS renaîtront. Mes yeux ne ſeront plus fatigués de la lueur importune de cette foule de Vermiſſeaux, qui ne brillent qu'à la faveur des ténèbres. Tout changera de face : Minerve reprendra ſa Majeſté, & ſon Sceptre : Apollon & les Muſes remonteront leurs Lyres, pour de nouveaux accords : les Manes de nos Pères n'auront plus à rougir de leur Poſtérité. . . . Mais quelle flatteuſe illuſion ! Quelle brillante Chimère ! . . . Pardonnez-moi, Meſſieurs *, d'embraſſer, au défaut de la Réalité, un Phantôme, ſi propre à ſéduire les Cœurs paſſionnés pour la gloire des Lettres. Tout plein de l'idée que je me forme du PARFAIT ÉCRIVAIN, de l'*Écrivain qui penſe*, je croiois déjà le voir, l'admirer. . . . Qu'allois-je dire ? . . . . Il y a dans les Beaux-Arts un Enthouſiaſme permis, voiſin de l'Idolâtrie. . . . Mais en attendant que mon ſonge ſe réaliſe, achevons le Portrait de l'*Écrivain qui penſe*. — Comparez les Ouvrages qu'il nous donne, du fond de ſa docte & laborieuſe retraite, avec ceux qu'enfantent, ſans efforts, nos Papillons Littéraires, nos TIMANTES modernes. De quel côté trouverez-

---

* Je prie le Lecteur de ne point oublier que ce Morceau a été prononcé devant une Aſſemblée nombreuſe.

vous ce qui caractèrise l'*homme qui pense?* Un Jugement droit & sain; des Idées grandes & vraies; des Vues profondes & utiles; une Érudition sage & modeste; un Style mâle & correct; un Goût épuré; enfin ce Charme irrésistible, qui nous attache si fortement à la lecture des Anciens? De quel côté trouverez-vous la Connoissance du Cœur humain, l'Amour des vrais Principes, la noble Passion de faire servir ses talents aux progrès de la Vertu, & au bonheur des Hommes? . . . . C'est à ce dernier trait sur-tout que je reconnois l'*homme qui pense*, *LE GRAND*, *LE PARFAIT ÉCRIVAIN*. . . . Si c'est un Principe, (qui oseroit en douter?) que la Vertu doit accompagner les Talents, & en prescrire l'usage : si c'est d'après cette Règle, que nous jugeons les Écrivains du Siècle; que de Réputations vont s'évanouir ! Que d'Usurpateurs vont être détrônés ! Vous flattez-vous d'obtenir nos hommages, de conserver le rang où vous ont élevés le Libertinage & l'Erreur, fiers & sublimes Génies *, le scandale & le fléau du

* Parler des Coryphées du jour, des Voltaires, des Jean-Jacques, &c. &c. avec si peu de respect : cela sent bien l'homme de Collège, le petit Esprit, le Pédant ! . . . . Tandis qu'on réimprime magnifiquement leurs Œuvres ; (grâce à la sagesse du Gouvernement, le cours en sera peut-être moins contagieux) tandis qu'on leur décerne les honneurs de l'Apothéose, qu'on brûle de l'encens au pié de leurs Statues : les dépouiller de leur Gloire ; leur ôter le titre d'Écrivains raisonnables, presque le nom d'*hommes qui pensent* ; oh ! c'est d'une audace, d'une impudence qu'on ne sauroit définir ! . . . Faut-il donc, pour complaire à MM. nos Beaux-Esprits, que les Instituteurs aillent grossir la foule des Adorateurs du *Vieillard de Ferney* ? Hélas ! la Jeunesse confiée à nos soins n'a pas besoin de ce dernier aiguillon ! Nous avons beau prêcher,

Siècle

Siècle, les Corrupteurs des Siècles à venir ; vous, qui n'avez connu la Vérité, que pour la combattre ; la Vertu, que pour l'extirper du cœur de vos ſemblables : vous, dont les talents ont été plus funeſtes au Monde, que ne le fûrent jamais l'Ignorance & la Crédulité : vous enfin, dont les Noms, hélas ! trop fameux, ne reſteront conſignés dans les Faſtes de l'Humanité, de la Patrie, de la Décence, de la Religion, que pour fixer la triſte & malheureuſe Époque de l'Aveuglement, de la Corruption, de l'Impiété, DE LA PHILOSOPHIE.... Bien différent de nos *Ecrivains Philoſophes*, qui le perſécutent, parce

---

Moraliſer : nos Leçons & notre zèle ſont de bien foibles digues à oppoſer au torrent général, à la contagion de l'Exemple, & ſur-tout de l'Exemple domeſtique.

qu'ils ne peuvent l'égaler, qui l'excluent de toutes les Dignités Littéraires, parce qu'ils redoutent la concurrence, l'Écrivain raisonnable & *qui pense*, ne connoît & n'ambitionne d'autre gloire, que la gloire d'être utile. Il sait que le plus grand bien qu'on puisse faire aux hommes, c'est de leur enseigner la Vertu, de la leur rendre aimable, de leur en faciliter la pratique. Tous ses travaux, ses réflexions, ses recherches, & ses veilles ne tendent donc qu'à ce but. L'innocente Jeunesse ira puiser dans ses Écrits les premières notions de l'honnête & du vrai : l'homme Chrétien & Religieux n'aura point à frémir, en prononçant son nom : la Patrie, dont il aura défendu la Cause, & affermi le Culte, le mettra au nombre des meilleurs Citoyens : & des Monuments érigés en son honneur par l'Admiration, le Reſpect & la Reconnoiſſance, apprendront à nos derniers Neveux, que le moindre de ſes titres, fut celui de *PARFAIT ÉCRIVAIN.*

O VOUS TOUS qui aſpirez au titre glorieux d'Écrivain, voilà le Modèle que nous vous propoſons : c'eſt le ſeul que vous ayiez à ſuivre. Ce Modèle eſt parfait, j'en conviens ; & d'une perfection qui vous paroîtra peut-être décourageante, idéale. Mais quoi ! la Vertu ne peut-elle donc s'allier avec la Science ? Ne peut-il pas exiſter un heureux accord entre les facultés de l'eſprit, & les qualités du cœur ; entre les dons du Génie, & la pratique fidelle des Devoirs les plus ſacrés ? Les Boſſuets, les

Fénélons, les Nicoles *, les Racines nous valoient bien, ſans doute : cependant remarquez-vous en eux cette inquiétude, ce libertinage d'eſprit qui nous tourmente ; cette fureur d'innover, de détruire, qui nous tranſporte ; cette haine du joug Evangélique, qui nous agite en tout ſens ? Vit-on jamais un plus bel aſſemblage de Modeſtie & de Talents, de Sageſſe & de Lumières, de Grandeur & de Simplicité ? Rougirez-vous de marcher ſur les traces de ces Grands-hommes, qui ont illuſtré le Siècle le plus fameux de notre Monarchie ? Ah ! profitez, à leur exemple, de vos premières années : réſiſtez au torrent du Bel-Eſprit, de la frivolité :

---

* Nicole étoit de Chartres, & ſa famille ſubſiſte encore aujourd'hui, dans la perſonne de M. Nicole, ancien Lieutenant-Général du Bailliage de Chartres.

contractez de bonne-heure l'habitude de réfléchir, de *penser*. Vous connoissez TIMANTE, vous connoissez la *plûpart des Ecrivains du jour :* gardez-vous bien d'imiter leurs Ouvrages, d'imiter leur conduite.

Et vous, qui devez un jour, dans le Sanctuaire de Thémis, interpréter & discuter les Loix ; vous que les Ministres de la Justice, Arbitres souverains de la fortune, de la vie, de l'honneur des Citoyens, appelleront à leurs Conseils : apprenez, avant que de vous livrer à l'exercice de la parole, apprenez *à penser*. Le puissant & le foible, le riche & le pauvre, l'innocent & l'homme injuste ; tous s'adresseront indistinctement à vous, tous viendront en foule consulter vos lumières, vous offrir leur confiance, implorer votre zèle. Que feroit-ce, fi vous n'aviez pas affez de *Jugement*, ou affez de droiture, pour difcerner la bonne d'avec la mauvaife Caufe ? Que feroit-ce, fi par de faux Raifonnements, fi par une expofition maladroite des Moyens de vos Clients, vous alliez faire illufion à leurs Juges? D'un côté, l'injuftice.... de l'autre, le défefpoir! ....

Apprenez également à réfléchir, à *penfer*, vous qui, engagés dans la noble carrière des Bourdaloues, des Maffillons, des Fléchiers, annoncez au Peuple Chrétien les fublimes Vérités du falut. Croyez-vous que ces grands Orateurs s'abandonnaffent, comme nous, à tous les écarts d'une imagination fougueufe, & déréglée : qu'ils euffent la ridicule & criminelle manie de répandre, à pleines mains, les richeſſes du ſtyle, de prodiguer l'eſprit, de faire des Epigrammes. Ils ſavoient que la Chaire n'eſt point un théâtre de vanité & de Déclamation: que l'Evangile eſt aſſez grand par lui-même pour n'avoir pas beſoin d'acceſſoires & d'ornements profanes. Bien deſſiner leurs plans, prouver ſolidement, raiſonner avec force, expoſer nettement la Lettre de la Loi, en développer l'Eſprit, étudier le cœur humain, pourſuivre les paſſions juſques dans leurs derniers retranchements, préſenter le Vice avec toute ſa laideur, la Vertu avec ce qu'elle a de charmes.... Voilà l'idée qu'ils ſe formoient des Devoirs de l'Orateur ſacré. — C'eſt en ſuivant ces règles, qu'ils ont perfectionné l'Eloquence Françoiſe, & qu'ils ſont devenus les dignes interprètes de la Divinité. Pour que leur nom s'efface du ſouvenir des hommes, il faut qu'il n'existe plus sur la terre ni Vertu ni bon Goût.

. . . . . . *Hæc adbibe puro*
Pectore verba, puer. . . . . .
HORAT. Ep. 2. lib. 1. Epist.

Permis d'Imprimer, vendre & distribuer. A Chartres, ce 7 Août 1785.
BOUVART
Lieut. Général de Police en exercice.

De l'Imprimerie de FR. LE TELLIER.

www.ingramcontent.com/pod-product-compliance
Ingram Content Group UK Ltd.
Pitfield, Milton Keynes, MK11 3LW, UK
UKHW021037180726
13838UKWH00004B/1863